敖幼祥

烏龍院前傳

拾貳

大師兄

原先為烏龍院唯一的徒弟，在小師弟被收養後，升格為大師兄。平日負責院內的清掃整潔工作，長期勞動訓練出一身蠻力，異常耐打。雖然常常惹事生非，但是很講義氣，疼愛師弟。

小師弟

長相可愛，古靈精怪的小師弟，曾是神祕組織追殺的對象之一，因墜落山崖才意外逃過一劫。身上戴有天首王之後代才能擁有的火麒麟雪玉環，後被烏龍院的師父帶回領養。因為在「七層塔」誤食了「達摩羅漢丹」，而擁有了神奇的內力。

大師父

烏龍院大師父，武功高強、面惡心善。在少林寺中輩分最高，人稱大師伯，法號空海，身擁絕學。

二師父

菩薩臉孔的烏龍院大頭胖師父，不顧大師父反對，硬是將小師弟領養回烏龍院。在少林寺人稱三師叔，法號空圓。

普拉瓦活佛

西域喇嘛之首，是西域三名高僧喇嘛的師父。平日善與人相處，遇事通情達理，事非分明。愛護弟子，與少林寺禮賓相待，卻因受空明住持挑撥而率眾到少林寺討公道。

空明住持

少林寺住持，和烏龍院兩位師父不對盤，老愛找烏龍院的麻煩。為了早日當上少林掌門，居然採納黑馬車神祕人的計謀，少林寺是否會因此出啥大亂子？

無回谷神祕老伯

與阿德同住在無回古裡的奇人，和少林寺有神祕的淵源。看似平凡難相處，實則機智過人，且擁有深藏不露的高明武功，在照顧兩兄弟時意外發現小師弟天賦異稟。

魔教神祕人

黑馬車的魔教神祕人沒有雙腿，手段卻兇狠異常，為了取得羊皮卷，不惜大開殺戒，連魔教首領天首王都淪為他的階下囚，慘遭凌遲。

阿德！你怎麼啦？
啊！
？
哇！
阿德！

咿……
唔……
……
……
哇！
啊！
師兄！
他怎麼啦？

還不是叫你給嚇着了！
我？
怎麼？你又記不得了？
我……
咦？那條蛇呢？
大概是讓阿德給趕跑了。
大概是吧……
哎！算了！算了！趕快收拾收拾，回去吧！
……

咚
咚
咚
呼！
呼！
咚
咚

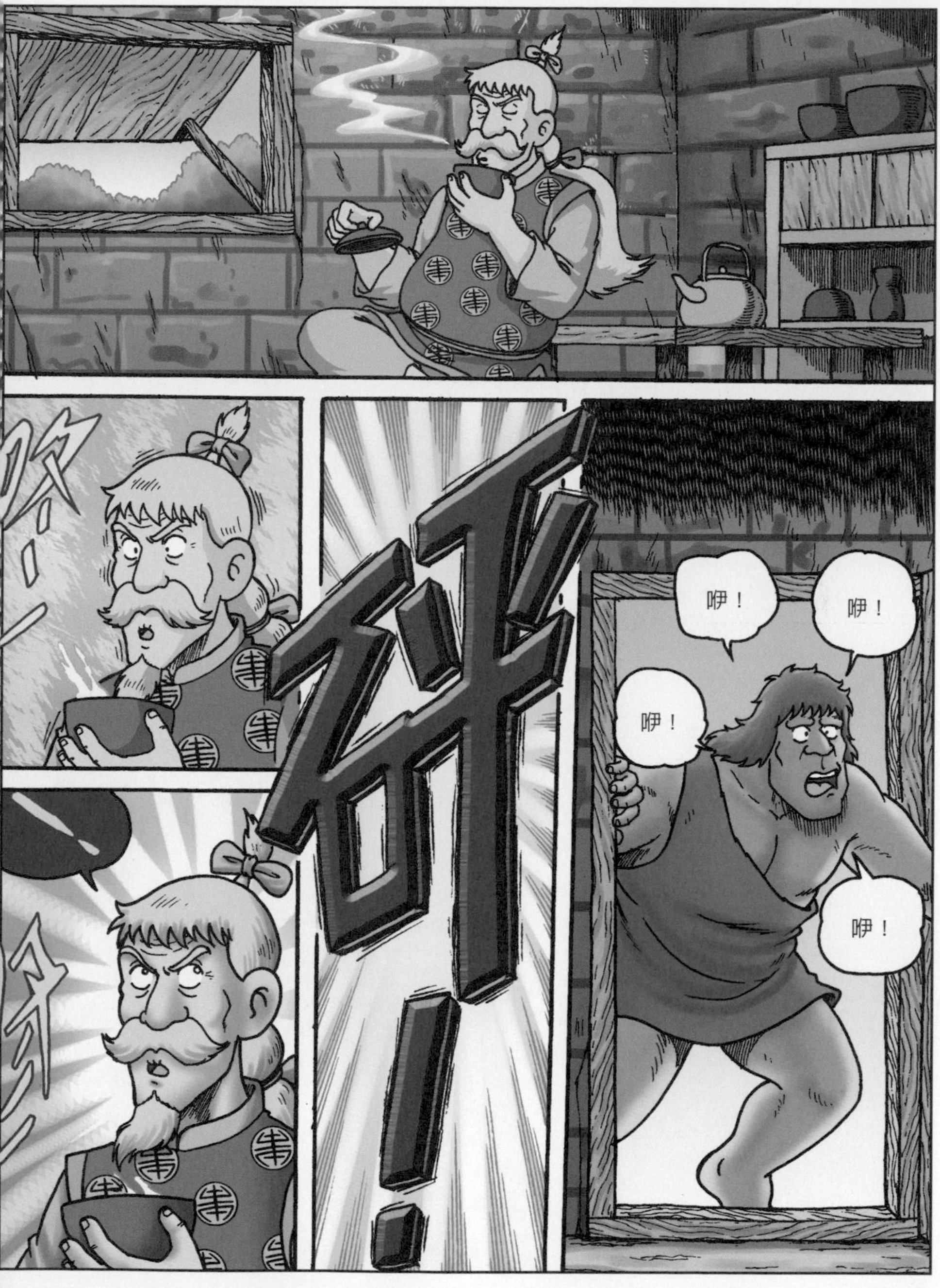
砰！
咿！
咿！
咿！
咿！

！
呼！
呼！
呼！
呼！
你這大個兒，慌慌張張地幹什麼？見到鬼啦？開門不會輕點？
咿啊！
唔！咿！
唔？
咿啊！
咿！啊！

去你的！少開
玩笑！哪有這
種事？
唔唔咿！
啊！啊！
哦？
真有這回事？
唔！
呣！
事情是怎麼發生的？
呣！咿！唔啊！
唔唔咿唔啊！

你是說……那孩子受了傷，流血以後就變成那個樣子？
唔！
唔……
好！我知道了！這件事我來處理！你去做你的事吧！
唔！
老爺爺！
我們回來了。

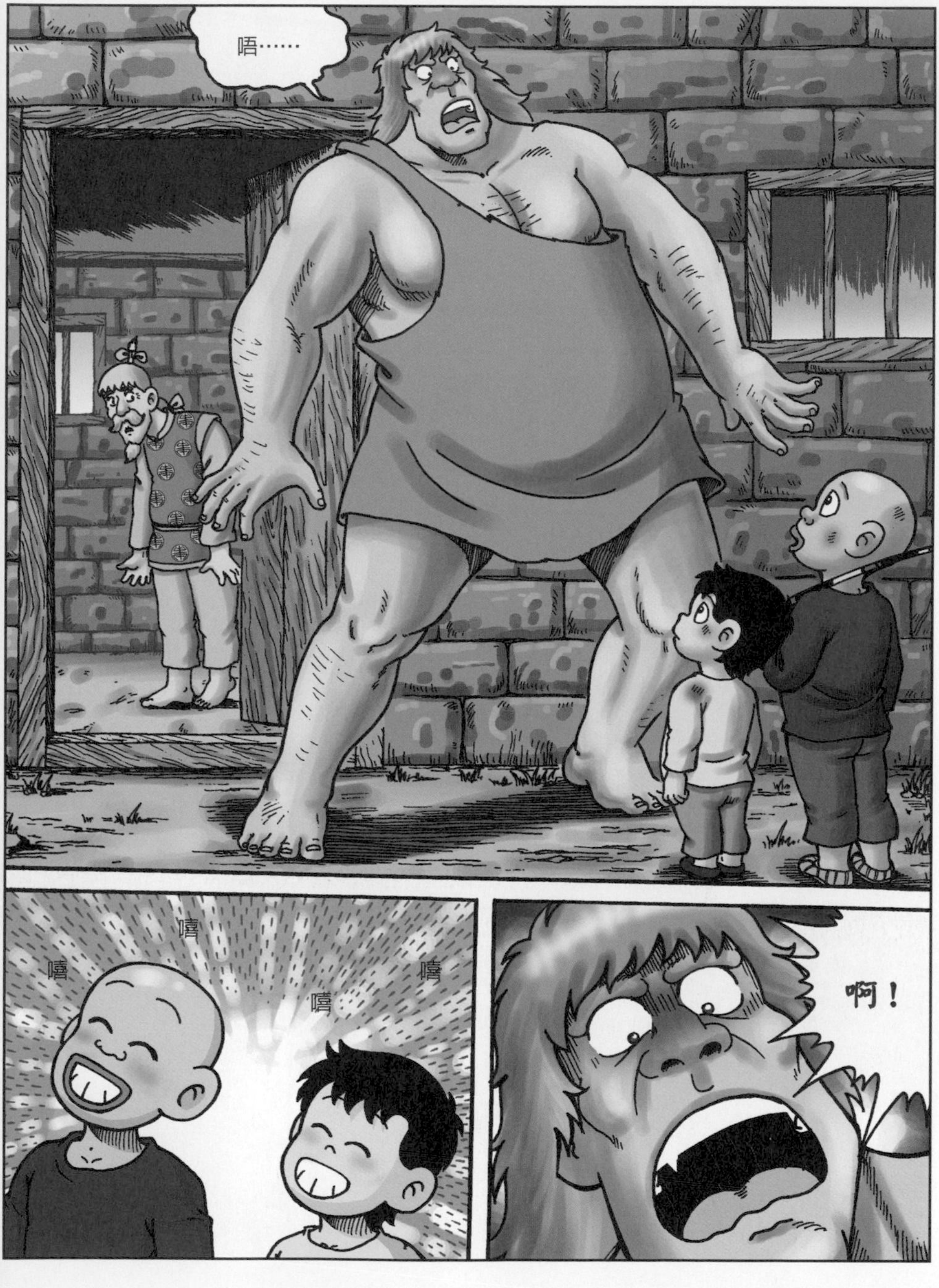
唔……
嘻
嘻
嘻
嘻
啊！

哇！
嘻嘻！
阿德嚇壞了！
咳！
喲喲喲！
你看看你們！
怎麼搞的！
弄得渾身髒兮兮的！
老爺爺！
我們……

好了！別只顧玩，
你該去燒飯了
是！
走！師弟！
回來！

老爺爺！
你叫我？
我叫他！
你快去煮飯吧！
老爺爺！
什麼事？
進來吧！
來！坐下！

來！告訴我，
你們有沒有釣到魚呀？
有！
釣了好多好多！
可是後來卻跑來一條好大的蛇，要咬我們！被阿德抓住了，他們就打了起來！
真的？那後來又發生了什麼事？
這……我大概嚇呆了，我好像被蛇尾巴打昏了！醒來時，蛇已不見了！

嗯！
好在沒受什麼傷！
這谷中奇奇怪怪的野獸很多，你們以後可別亂跑了，知道嗎？
是！
老爺爺！
奇怪！
阿德剛才驚慌失措地講的那番話，有可能嗎？

怎麼回事？
我怎麼看這娃兒也不
像會武功的樣子……
難道說，
是我看走眼了？
可是阿德總不會編
故事來騙我吧！
不如出手試試，
看看到底是真是假？
咦？老爺爺！
您在想什麼事啊？
噢！沒什麼！
沒什麼！

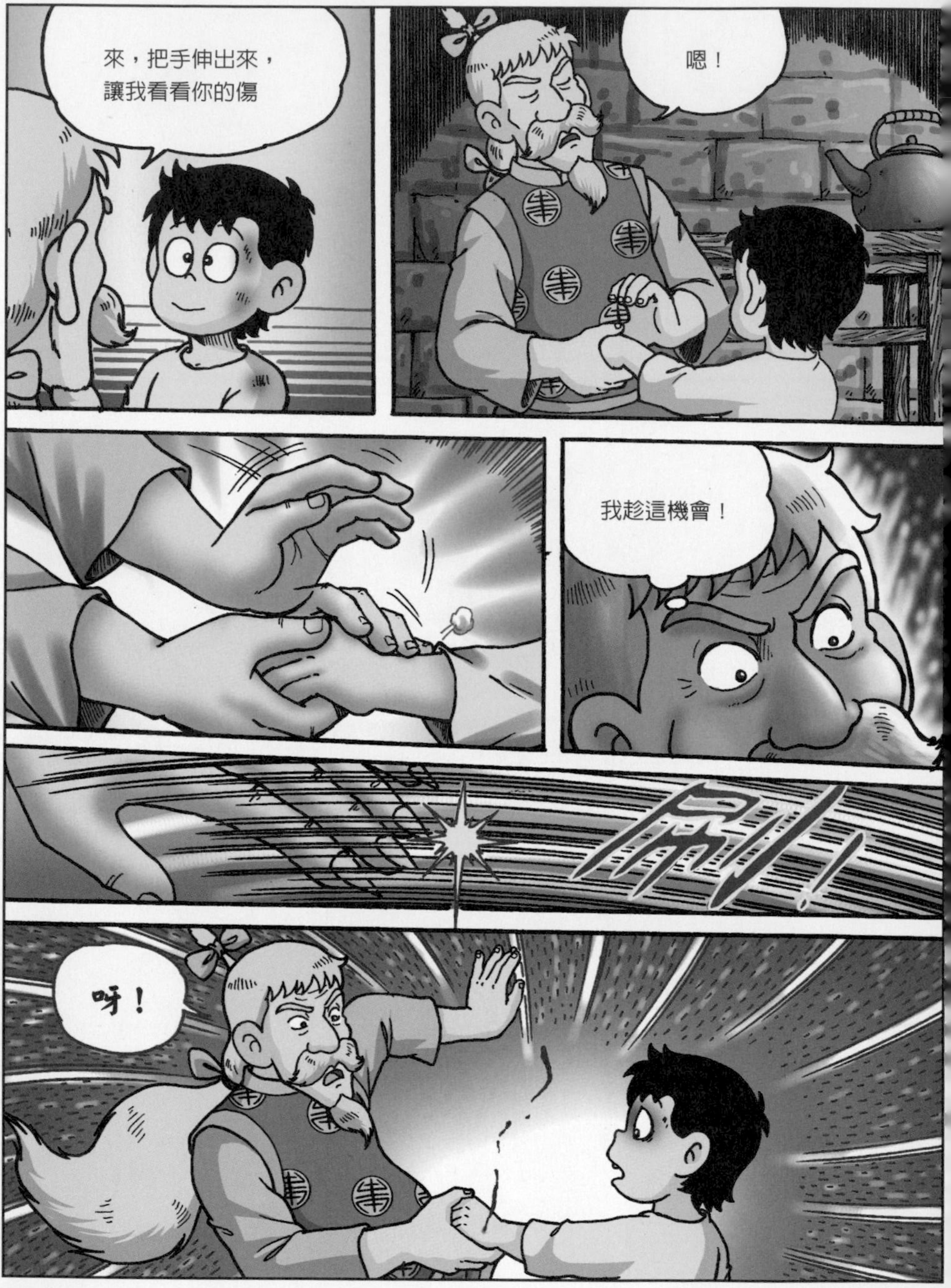
來，把手伸出來，
讓我看看你的傷
嗯！
我趁這機會！
刷！
呀！

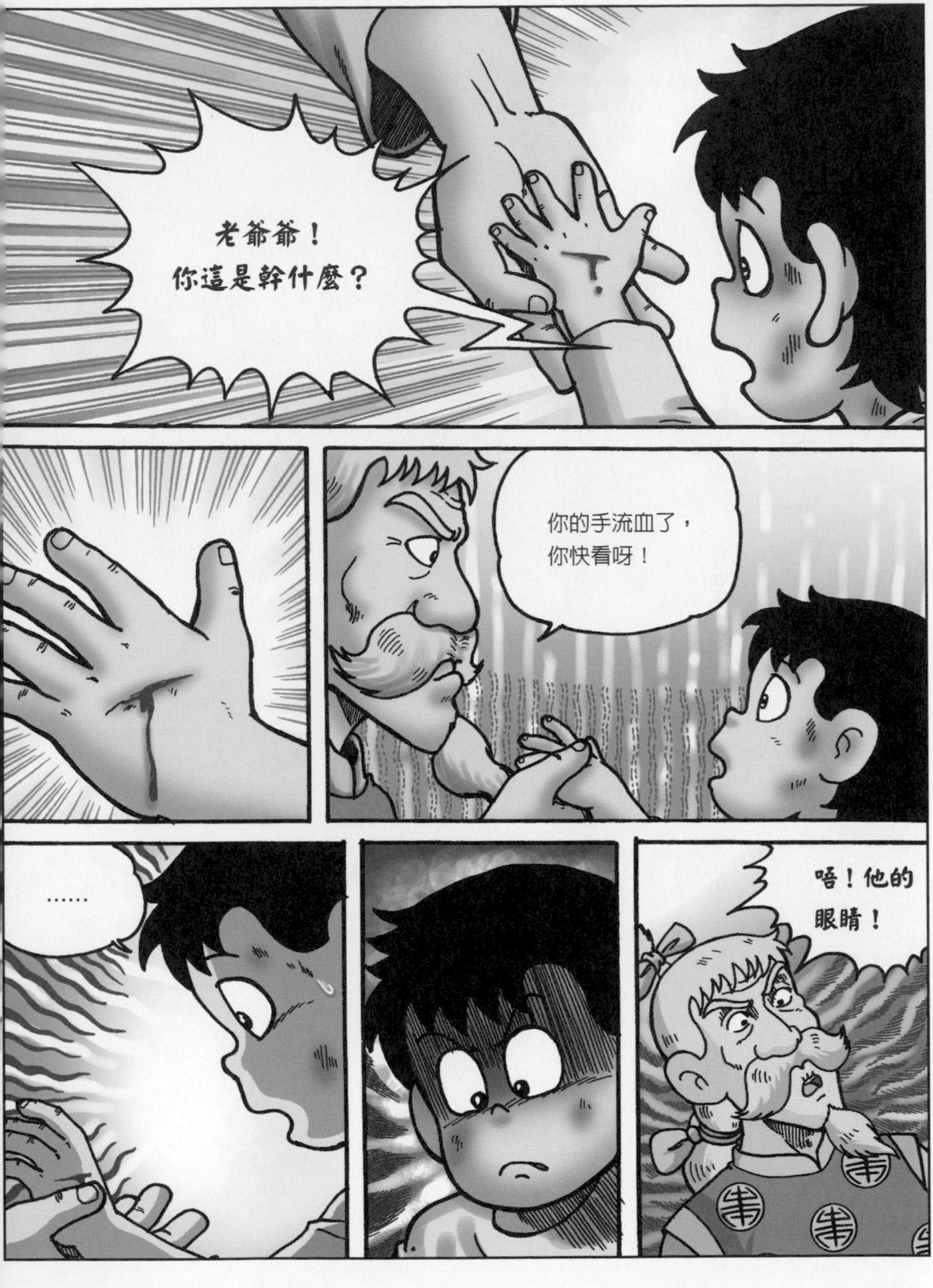
老爺爺！
你這是幹什麼？
你的手流血了，
你快看呀！
……
唔！他的
眼睛！

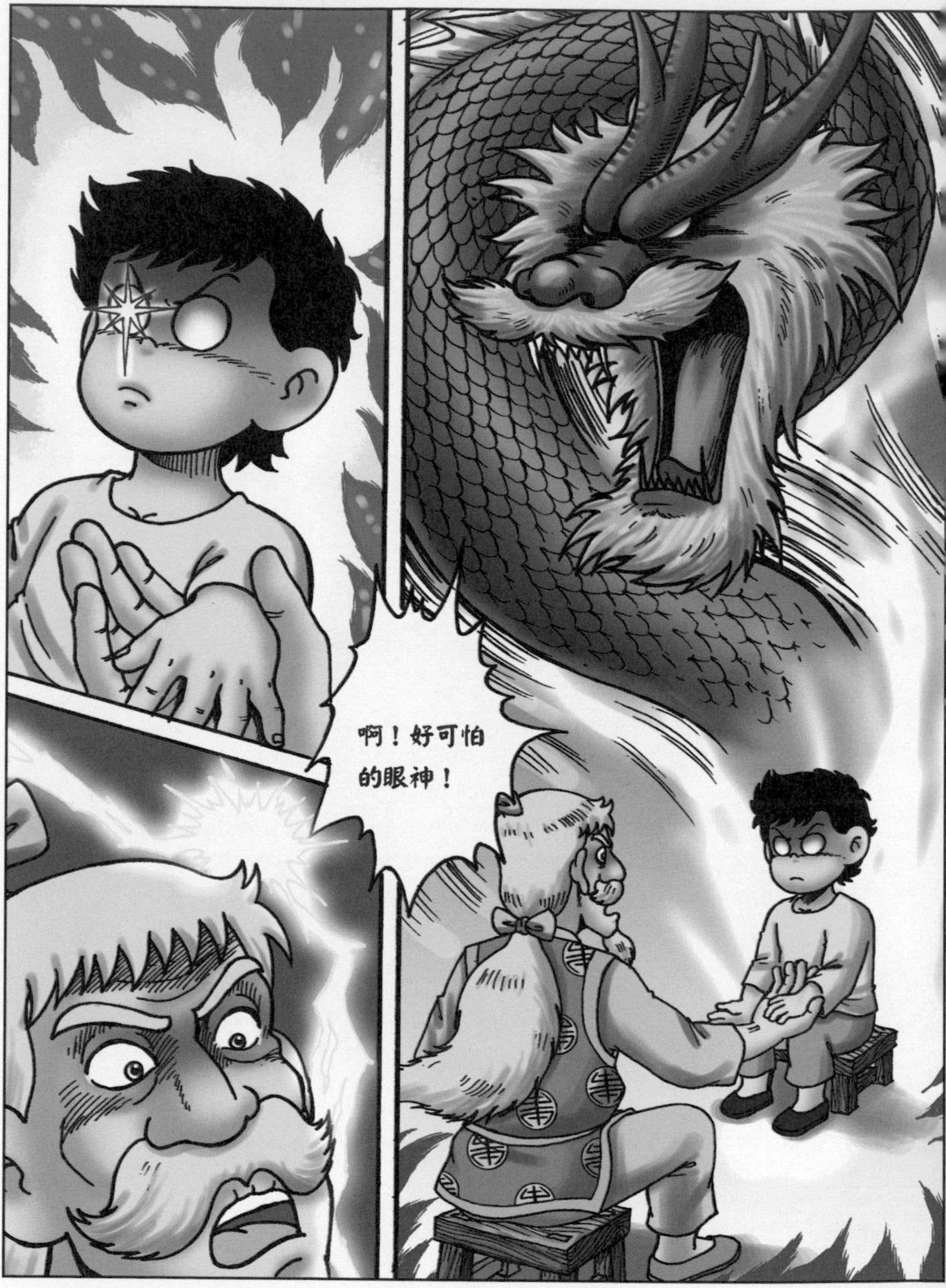
啊！好可怕
的眼神！

哇！
真不可思議！

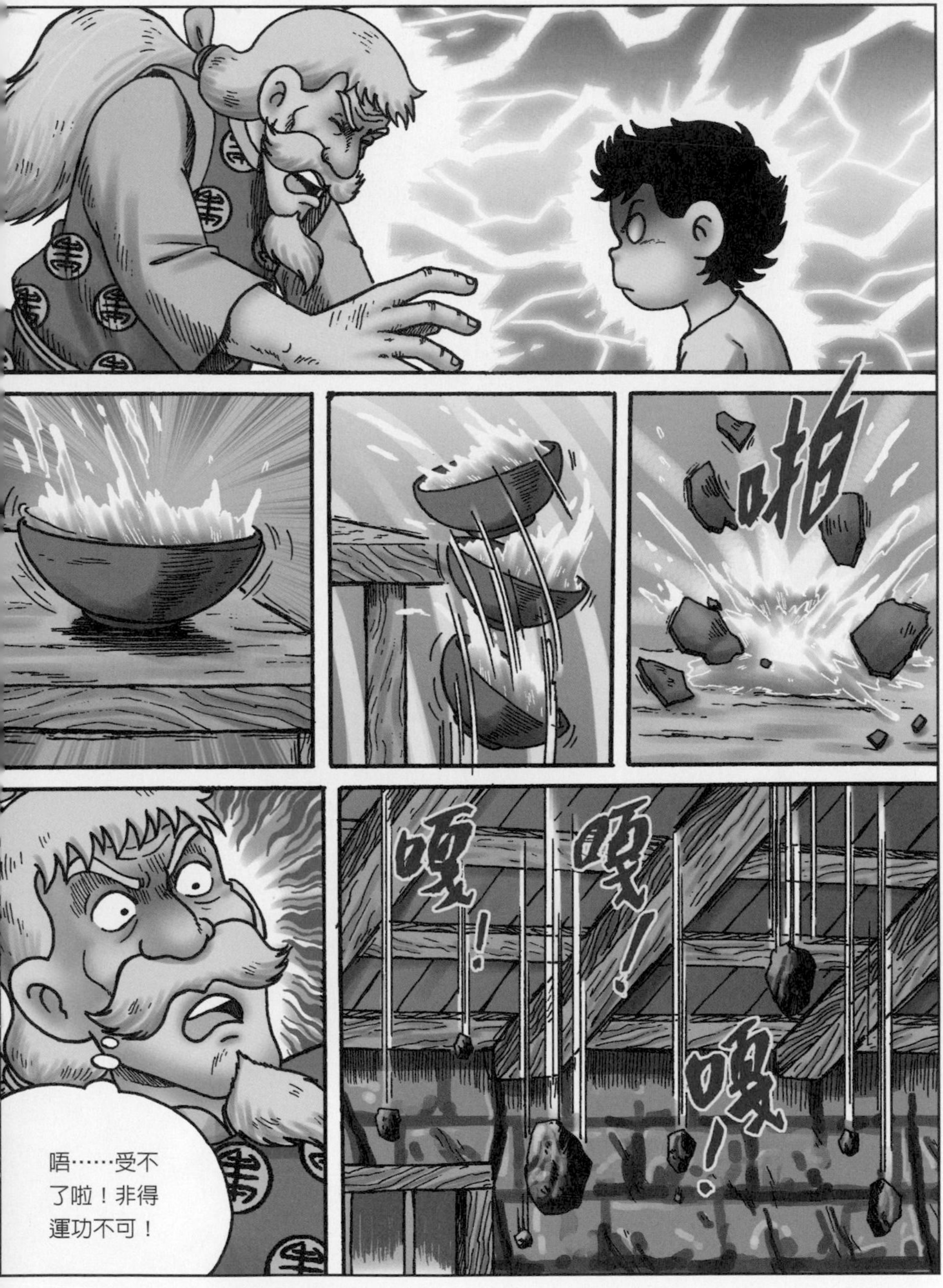
啪
唔……受不了啦！非得運功不可！
嘎！
嘎！
嘎！

喝!

吱!
吱!

哎呀！發生
了什麼事？

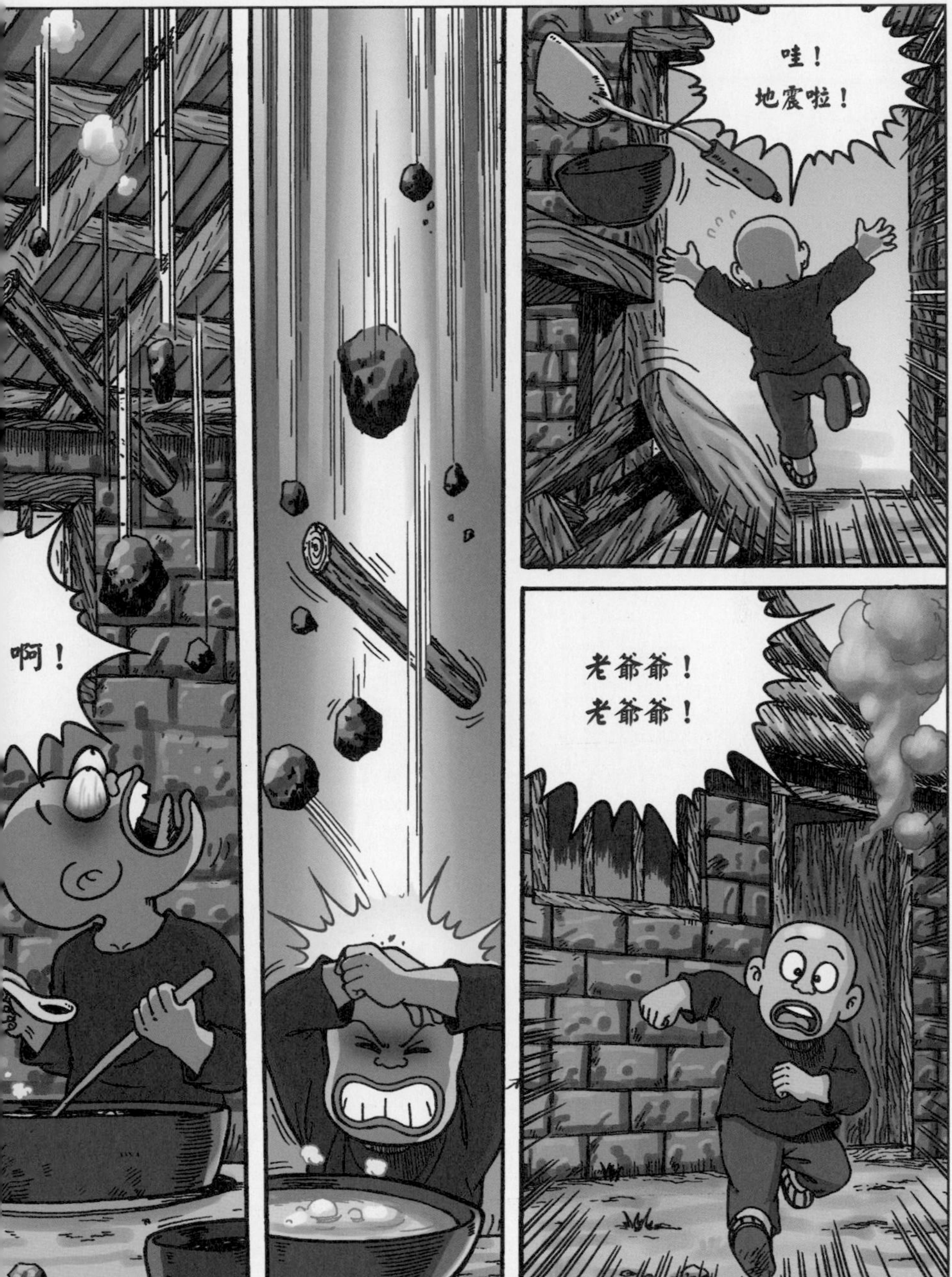
啊！
哇！
地震啦！
老爺爺！
老爺爺！

地震啦！
快跑呀！
老爺爺！
師弟！
快跑呀！
地……
地……
唔？
啊！

師弟！
你想幹什麼？
他是老爺爺呀！
你又在傷自己人啦！
師弟！

藏經閣
少林寺藏經閣
當天夜晚……
藏經閣

吱
吱

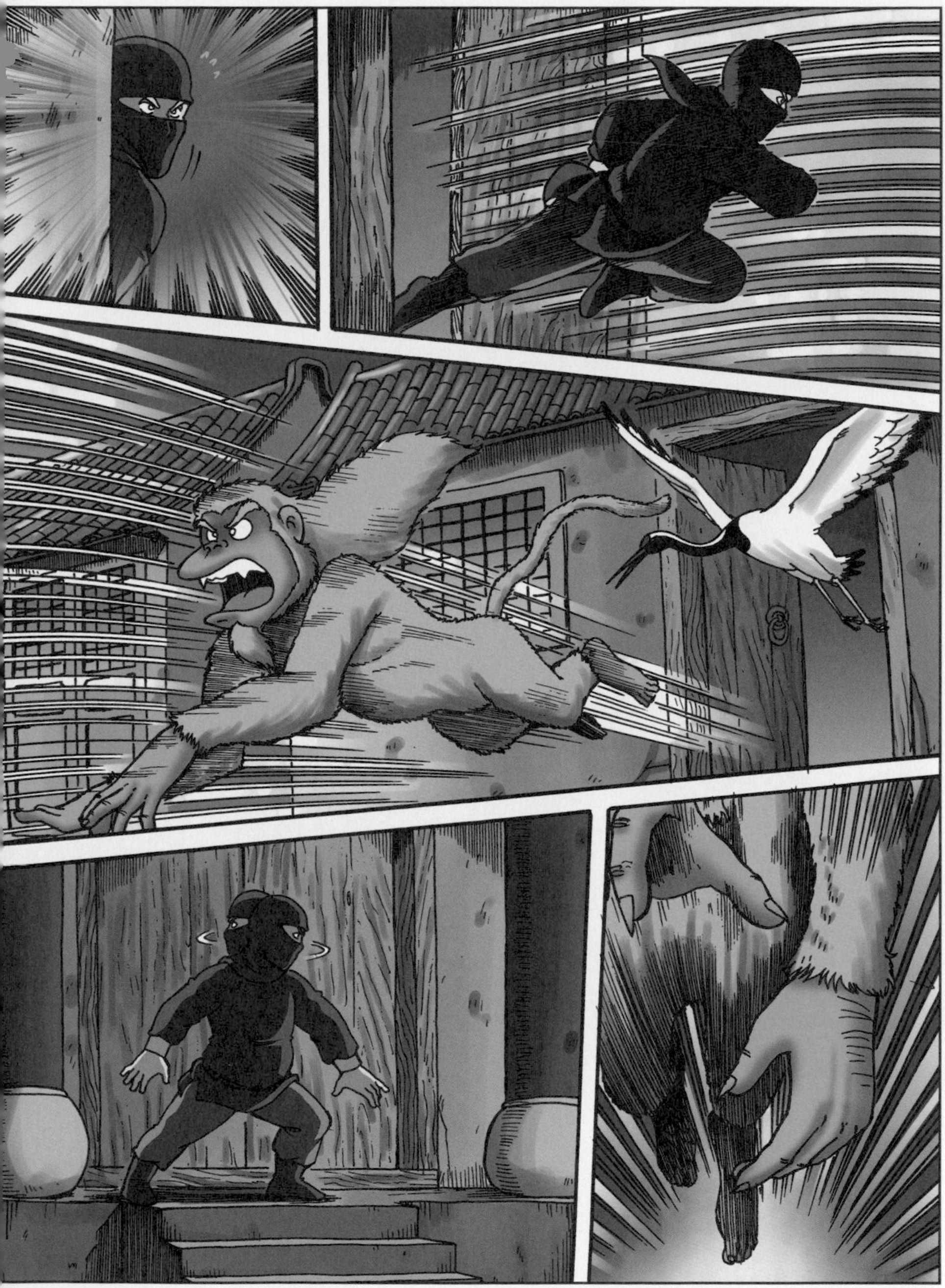

鏘!
軋
吱!

哇!

啪！

颯
颯

吱
住手！
喝！

喝！
呀！
咻！

喀！
喝！

啪

……
好厲害！
哼！

想逃！
靈猿、神鶴，
快把來人拿下！
咻！
吱！吱！吱！

阿彌陀佛！尊駕以為本寺是什麼地方？
……
少林寺乃出家人淨心修身之地，閣下在此撒野，豈不自愧？
……
還有……為何你會使用本派絕學——虎鶴雙形拳？

……
尊駕若是
再不開口……
那就休怪老
衲無禮了！
喝！
哈哈哈哈哈！
！
星覺！好久不見了，
你可真是老當益壯啊！

嘿嘿嘿嘿嘿……
你……你……
你到底是什麼人？
哈哈哈哈哈哈哈哈！
怎麼？老弟，四十年不見，你連老哥哥我的聲音都聽不出來了？
啊！
你……你……
你是……是……

你是星如！
哈哈哈！不錯！就是老夫！
難得你還記得我！
唔！
你還回來幹嘛？
別這樣嘛！這麼多年了，你還在生我的氣？

虧你還有臉回來！
嘻嘻嘻！我是沒有臉回來！你看，我這不是把臉蒙住了嗎？
當年要不是為了你！我也不必在這兒一守四十年……
哎……哎……都是幾十年老掉牙的事了，你還提它幹嘛？都是我不好！那……老哥哥我在這兒給你陪禮了！
唉！是呀！都是數十年老掉牙事了……歲月催人老哦……

少小離家老大回……鄉音不改鬢毛衰……
唉！我……我這是何苦呢？
好了好了！別那麼酸溜溜的了，到屋裡坐坐吧！
這……
怎麼？不趕你走反倒害羞啦？
走吧！走吧！進去吧！

......
嗯！
師兄，把面巾拿掉吧！坐一會兒，我去沖茶！

呼！

來，師兄
請用茶！
嗯！
唔！
好香啊！
星覺，你這茶……

加了松花兒！老習慣了。
唔唔唔唔……好……好……我就喜歡喝你泡的茶！
唔！
老弟！你這件袈裟可是……
是呀！就是當年師父他老人家賜的那件……老東西了，都穿了幾十年了！
哦！哈哈哈哈！你還是那麼念舊啊！

……
對了！
星眠師弟呢？
他還在當他的掌門！
哦！
平安就好！

師兄！你那位
賽西施呢？
哎呀！別提了！
還提她幹嘛？
喝茶，喝茶。
師兄！……
明心靜性
師兄！這些年來，
你都落腳在哪兒？

無回谷。
什麼？
無回谷？
那……可是太虛觀
山後的那個……
是呀！
啊！很近嘛！
為什麼不回來呢？
哪兒還有臉回來？

唔……
不過……說從未來過，那是騙人，夜深人靜之時，倒是常回到山門下坐坐！
啊？你……
沒有辦法！念舊嘛！這地方總是心頭上的一塊肉，割捨不掉啊……
唉！真是難為你了！要不是當年你……

唉！衝冠一怒為紅顏，到頭來卻落得個……
老死異鄉之景……我活該，誰叫我看不破這十丈紅塵呢？
自古多情空餘恨……師兄，你這是何苦呢？
唉！當年我為何那麼執迷不悟……我真是自作自受！
菩提本無樹，明鏡亦非台，本來無一物，何處惹塵埃！

難得師兄如今大
徹大悟了……
悟透了？那又有何用？
我這付臭皮囊也快腐朽嘍！
唔……
……
……

師兄！你這次……該不會又只是回來走走吧？
哈哈哈哈哈哈哈……
知我者，星覺也……不錯，我這次回來是想向你借一樣東西。
三更半夜，偷偷摸摸地闖進來，還弄壞了門銷……我看哪，這應該叫偷！

啊！哈哈……別說得那麼難聽
嘛！我是不好意思露面而已。
嘿……總是有你的理由……
要什麼？快說吧！
我要那本
天羅神骨經！
噗！
啊？你要……
那本書做什麼？

你別開玩笑！那可是我少林寺寶書，
若是借給你，有所遺失，老衲可擔待不起！
哼！借一下有什麼關係？何況我也是少林子弟，有什麼看不得的？
別讓我為難好不好？為何非要那本不可？
哼！我就偏要那本！

師兄！你這不是
強人所難嗎？
好啦！別囉嗦了，
我問你借是不借？
實在是不行啊！
你到底要幹什麼？
非要這本書不可？
這個你別管！我
只問你給不給？
你要它幹嘛？
也得先告訴我呀！

好吧！既然你那麼想知道，我就告訴你吧！
烏龍院的那兩個小毛頭你知道吧！
這個，我知道！師兄為何忽然提起他們？
前些日子他們從懸崖上掉下來，被我救起來啦！
啊！他們還活著！

那個小的體內有股很奇異的內力，你可知道是怎麼回事？
那是他自小吃下了整瓶羅漢丹所致……
啊！原來如此！難怪他……
我明白了！你是不是想借用這本書的幫助，將他調教出來？

哦！師兄手癢了……
是呀！這樣天賦異稟的資材！確是百年難得一見……不教可惜呀！
好了！別廢話連篇了，快拿出來吧！
啊……這……這個……這個……

什麼這個那個的！要借你就借，不借就拉倒！
婆婆媽媽的幹嘛？
有什麼稀罕的！我自己想辦法去！
哎……師兄……師兄！
唉！江山易改，本性難移。
嘖！都七老八十了，還是那副牛脾氣！

師兄！

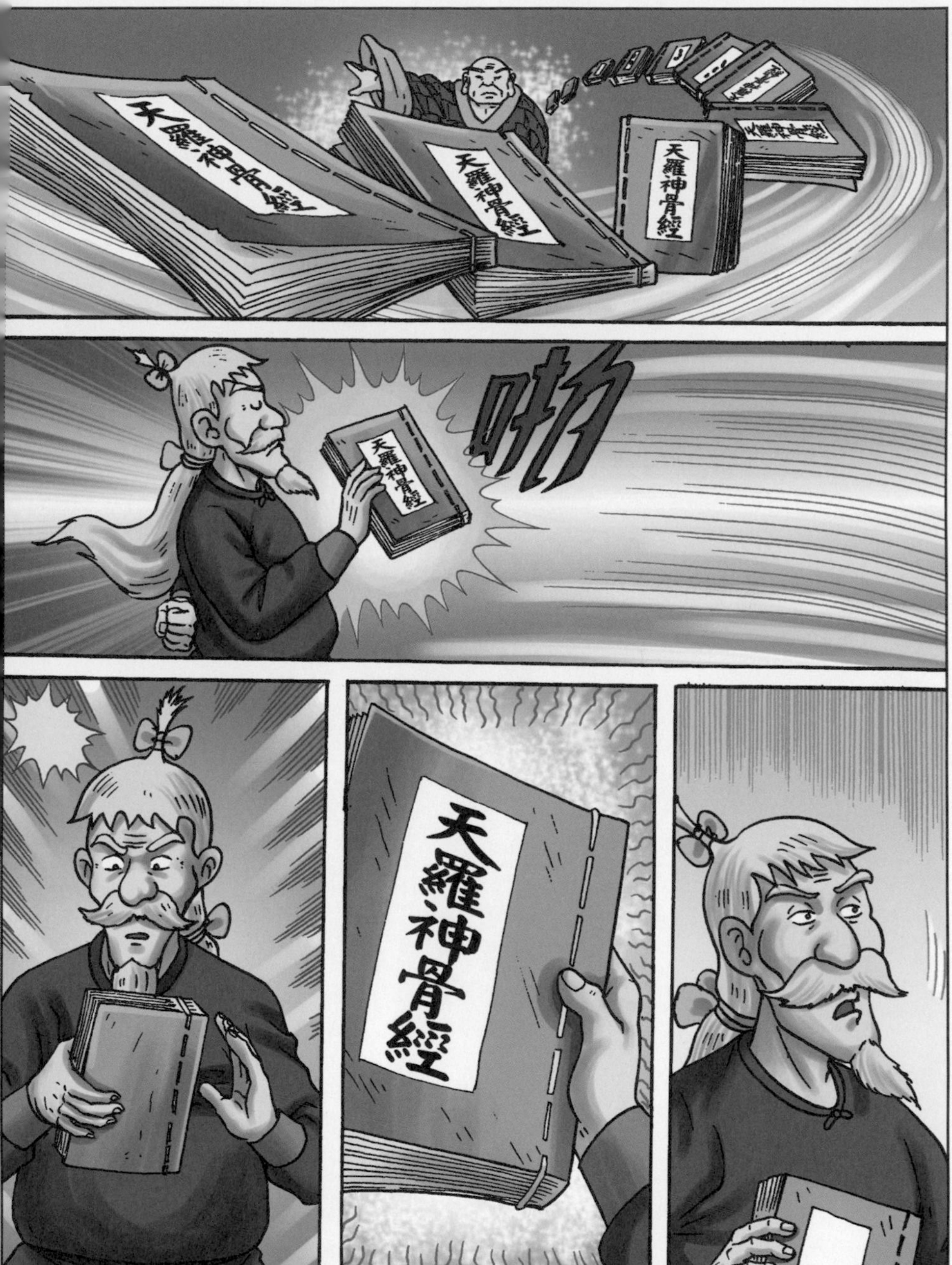
天羅神骨經
天羅神骨經
天羅神骨經
天羅神骨經
天羅神骨經

星覺！多謝了！這本書我改日奉還！
唔……師兄！那兩個孩子就有勞你了！

哼！真是命大！
想不到他們兩個
掉到無回谷裡，
居然沒死！
我看得趕快將此
事稟告師父！

少林寺
雄寶殿
什麼？
那兩個小子在
無回谷中！

此事當真？
不錯！
徒兒親耳聽見！

嘿嘿嘿嘿
……
現在有件事要
讓你去辦！
如此……
這般……
是！師父請放心，
徒兒會辦妥此事！
好，我現在就寫信！

師父，那星覺師叔稱來人師兄，他是誰啊？
什麼？
星覺還有一個師兄，奇怪……我怎麼沒聽說過……
師父！難道你不知道？
唔……事隔多年，師父當時幼小，沒有印象了！
奇怪！那黑衣人到底是誰呢？

把信收好！
明天一早，你就立刻送過去！
是！
時候不早了！你早點休息吧！
是！
嘿嘿嘿嘿……你們這兩個臭小子……過了今天，你們就沒有明天了……

翌日
無花將信送
到魔教總壇
……

哈哈哈哈哈！
好！太好了！真是踏破鐵鞋無覓處，得來全不費功夫！
回去告訴你師父，說他此事辦得很好！
那麼，小僧就此告辭了！

竹劍！
在！
你立刻帶人到無回谷，去把那兩個小鬼搜出來！
是！

你們幾個跟我來！
哈哈哈哈哈……我就不信有誰能阻擋我稱霸武林的決心！

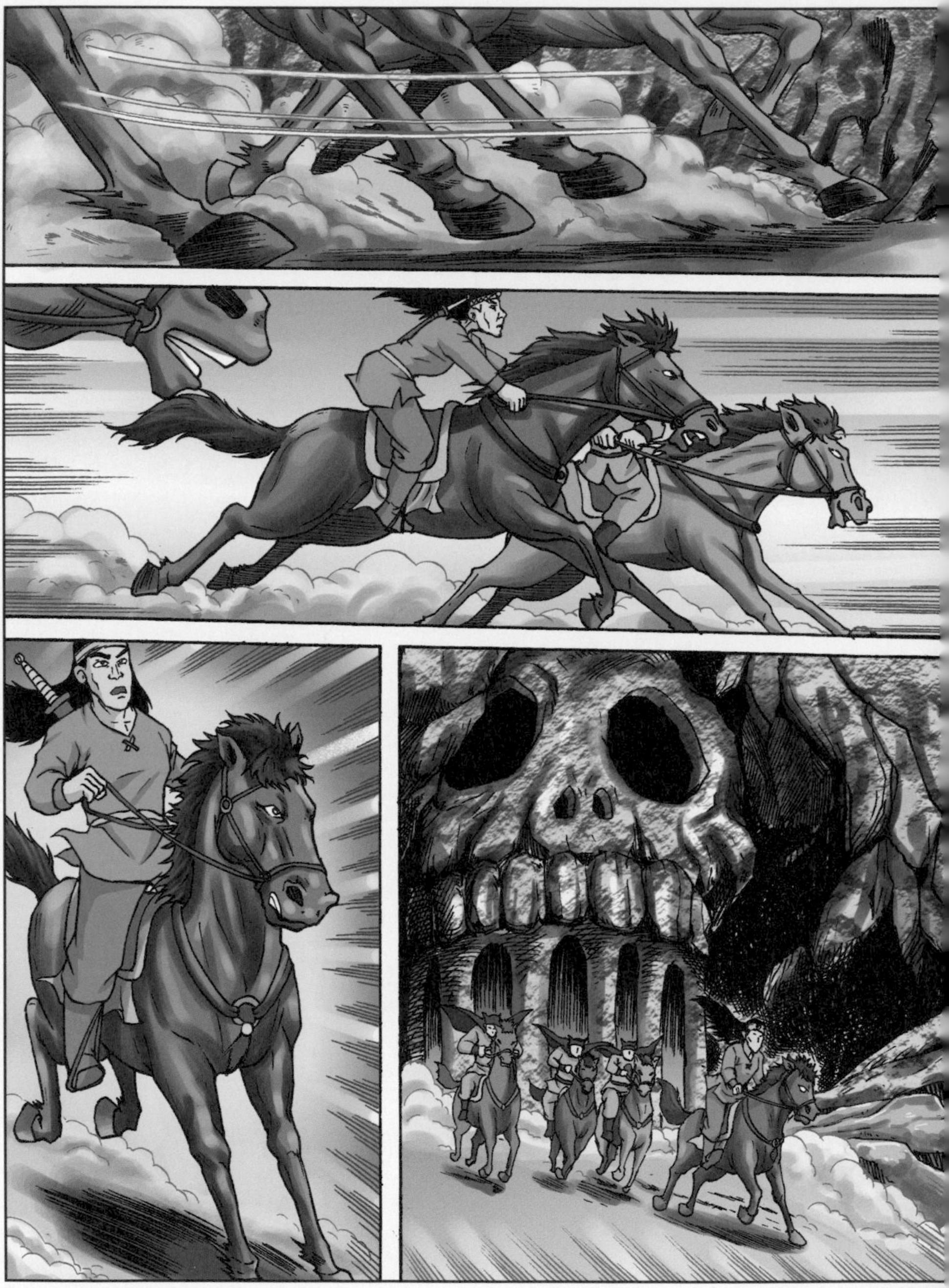

呀!

給我搜！

無回谷

咻!

深山野地，居然
會有人在釣魚！
老頭子！
唔……
喂！
老頭子！

哼！
臭老頭！
居然裝聾
作啞！
喂！

啪！
啊！你的魚鉤鉤到我啦！
哎呀哇！快放我下來啊！

撲通！
啊！

救命啊！我不會游泳呀！
哎呀呀！這位大爺，你不會游泳，怎麼跳下去呢？
臭老頭！是被你鉤下來的！
哦！是這樣嗎？
我鉤到你啦？
對不起！對不起！來，我拉你一把！

呀！
哎呀！你看看，
差點沒淹死啦！
唔……
你怎麼啦？
呀

哎喲！大爺你怎麼這麼不講理？我救了你，你反而打我……
哇！救命呀！
住手！

這位大爺！你看看，你這位兄弟好不講理，我救了他，他反而恩將仇報。
啊！
啊！你要幹什麼？我真是好心沒好報，救了人還要受人欺負！

廢話！
你是什麼人？在這兒做什麼？
哎喲！大爺！你快放手，我也好回話呀！
哼！諒你也不敢玩什麼花樣。
好啦！你快說吧！
不瞞大爺！小老兒是個獵戶，現在年紀大了，
想找個清靜的地方住下來，享享清福，所以才到這兒來。沒想到會遇見你們……

好了！廢話少說，我問你一件事！
什麼事？只要我知道的，一定告訴你！
前些日子，有兩個小孩掉到這下面來了，你知道嗎？
啊……這……這個……
快說！別呑呑吐吐的！
哎呀！想必你是那兩個孩子的爹，所以才這麼急急忙忙地來找。
你這是什麼意思？

哎喲！
我有這麼老嗎？
那你是他們
的哥哥啦？
臭老頭，你竟敢
跟我嬉皮笑臉！
哎……別打！
別打！
我說就是
了嘛！
是有你所說的
那兩個小孩！

哦！
你看見了？
他們在
哪兒？
他們是不是
一個光腦袋
瓜兒，另外
……
還有一個留著
頭髮的娃娃？
不錯！就是
他們兩個！
現在他們人呢？
這個……
我說了，你們
可別傷心呀！
你這話是什麼意思？
我怕你們是他倆
的親人，聽了這
話會傷心！

可惡！你這糟老頭子，
竟敢消遣我！快老實地說！
哎呀呀！先別發火，
我還沒說完嘛！
他們從上面掉下來，當我
發現他們的時候……兩個
人都已經摔得粉身碎骨，
稀巴爛了！

什麼？
死了！
我不忍心看他們
曝屍荒野，所以
把他們給埋了。
唔……
你沒騙我？
沒有，
沒有，
絕對
沒有！
帶我去看看他
們的屍體！
啊！這太缺德了吧！
人死了入土為安。
難道你還要挖出他們來？

啊！
快帶路吧！
唔……好吧！我帶你們去就是了！

到了！
就是這兒！

把墳挖開！
是！

你們真殘忍……
……
唔！
頭兒！
看到骨頭了！

哇！吃人的怪物出現啦！
啊！

吼
快逃啊！被他抓到就完蛋啦！
我先溜啦！

吃人怪物！
卒
哇！快逃呀！
站住！
只不過是隻大猩猩罷了，
看我來收拾他！

吼!

啊！

嘿嘿嘿嘿嘿
嘿嘿嘿……

吼！

哈！哈！哈！哈！
好極了！阿德！
表演得太精采了！
這下一定叫那些龜孫子嚇得屁滾尿流！

我看他們再也
不敢來了！
老爺爺！
阿德！
小鬼回
來了！
老爺爺！

老爺爺！
唔！
你們上哪兒玩去了？
我們在後面捉蟬！
阿德！你臉上怎麼塗得東一塊、西一塊的？
唔……
……
娃兒，魔教的人找上門來啦！

什麼？他們找到這裡來啦！
哼！我早料定，這幫龜孫子遲早會找上門來的，只是沒想到來得這麼快。
啊！那怎麼辦？
已經讓阿德給打發走啦！

阿德！
謝謝你！
先別高興
得太早！
雖然暫時趕走了
他們，他們遲早
還會再來的！
萬一有所疏忽，
你們兩條小命可
就保不住了。
啊！老爺爺，
那……我們該
怎麼辦？
這樣下去，
也不是辦法。
從今天起，我教你們
學功夫，學會了就可
以自保，將來也就不
必怕那些人了！

啊！那太好了！
老爺爺，謝謝您！
好，走吧！
我們回去了。

你們實在太令我失望了！
笨！
笨瓜！
一群飯桶！
連這麼簡單的小事都辦不好！
你們還有臉回來？
啓稟大師兄，這不能怪我們，那怪物實在太厲害了，我們不是它的對手！
住口！連一隻大猩猩都打不過，你還有什麼可說的？
……
……

你說那兩名娃兒已死，可有何證據？
我們已經挖開墳墓，看到骨頭，當時正想細看，那大怪物卻突然出現了。
哦？看到骨頭了……你能確定是那兩個小鬼的屍骨？
這個……看起來好像是。
我問你，你能確定嗎？
好了！什麼好像不好像的！

我想……
他們是死了！
哼！你想！誰不會想？沒用的東西！
是！
從那麼高的地方摔下去，死了倒也有可能。可是空明卻明明告訴我，他們還活著！
這是怎麼回事？難道說那怪老頭兒是個異人？
竹劍！你說那怪老頭兒是什麼來歷？
稟大師兄！那老頭兒自稱是個退隱的獵戶。
唔……退隱的獵戶……事情會這麼簡單嗎？

唔……這事情我得
向空明問個明白！
拿紙筆來！
是！

竹劍！
在！
派人將此信祕密送往
少林寺，交給空明。
你們兩個過來！
你們兩個將此信送給少林寺
住持空明。行動要小心！
是！

竹劍！這次去無回谷，有沒有那羊皮卷的蹤跡？
我們沒有發現什麼。
這件事愈來愈棘手了！
我還是去請教「他」看看這樁事兒該怎麼辦！

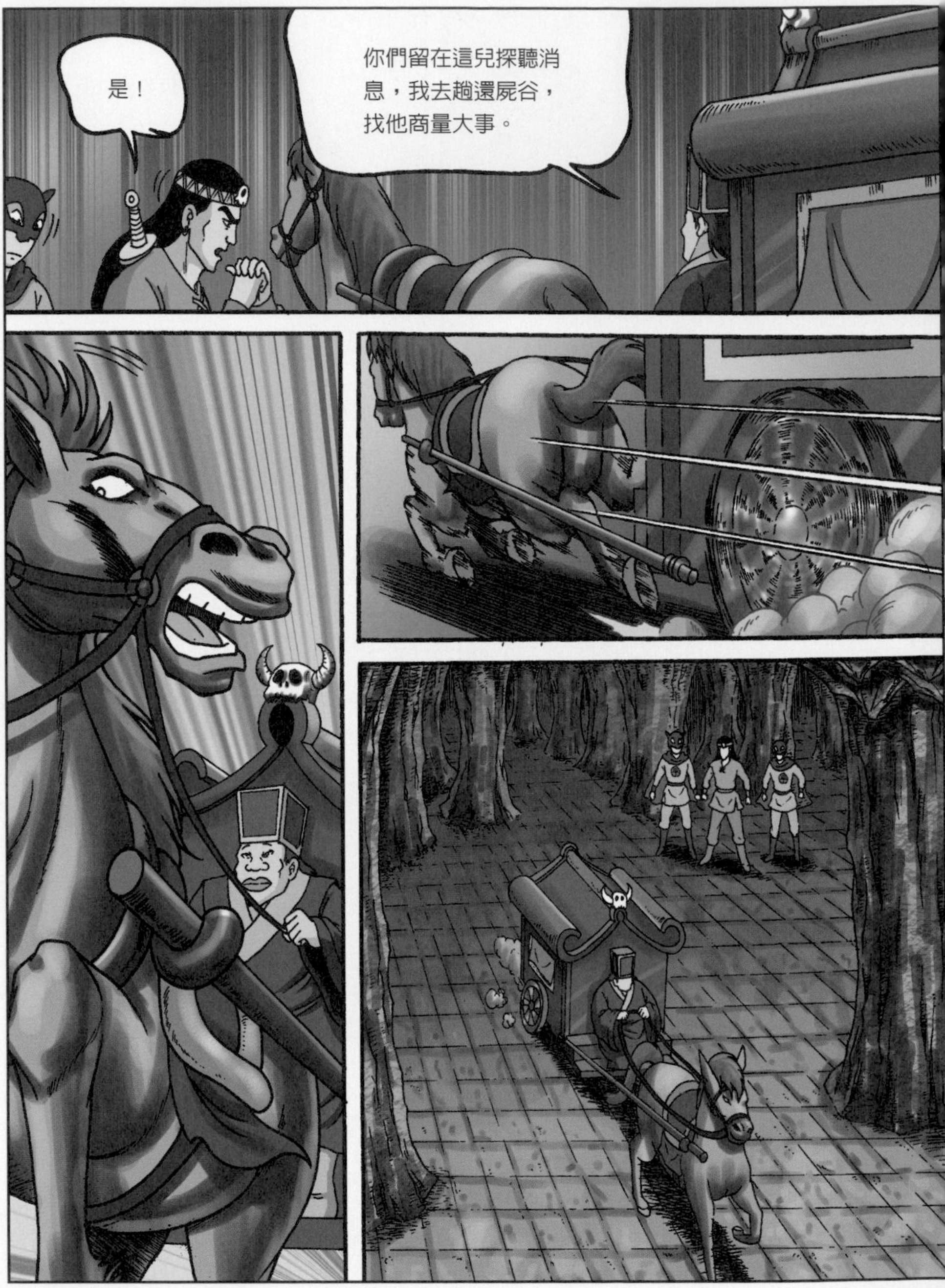
你們留在這兒探聽消息，我去趟還屍谷，找他商量大事。
是！

唔，這件事必須驚動他，看來大師兄也無能為力了！
好好地看守！
是！

話說烏龍院的兩位師父，
一路探聽愛徒的下落。

讓開！讓開！
臭老頭！沒聽到嗎？

啪！
哼！這兩個無法無天的傢伙！

卒

不要命了嗎？竟敢擋住大爺們的去路？
我看你們兩人橫眉豎眼的，想必不是什麼好東西！
大膽！竟敢如此對我們說話！
卒
卒

喝！
哼！
空海，小心！

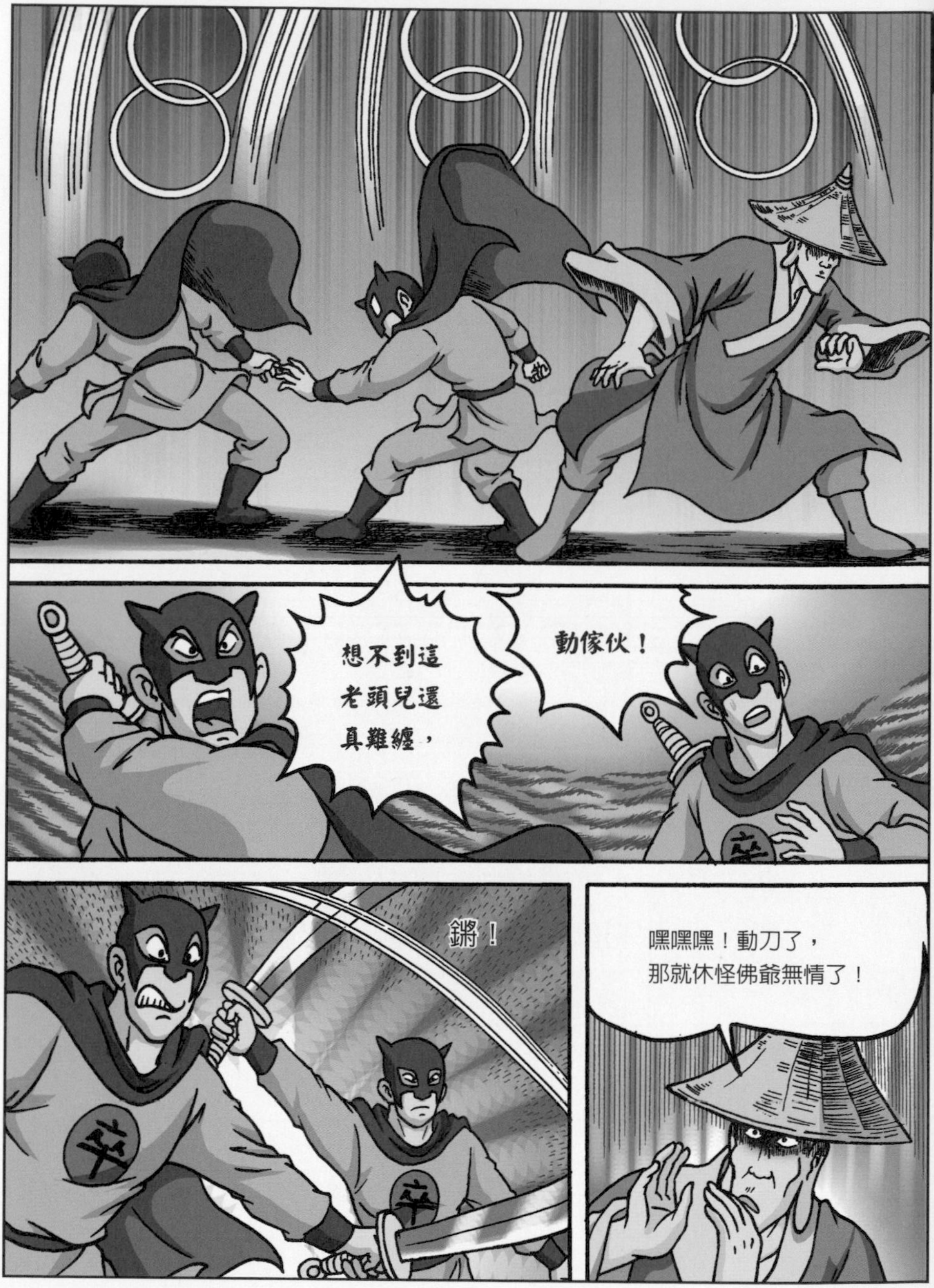
想不到這
老頭兒還
真難纏，
動傢伙！
鏘！
嘿嘿嘿！動刀了，
那就休怪佛爺無情了！

卒
啊？
玩真的呀！

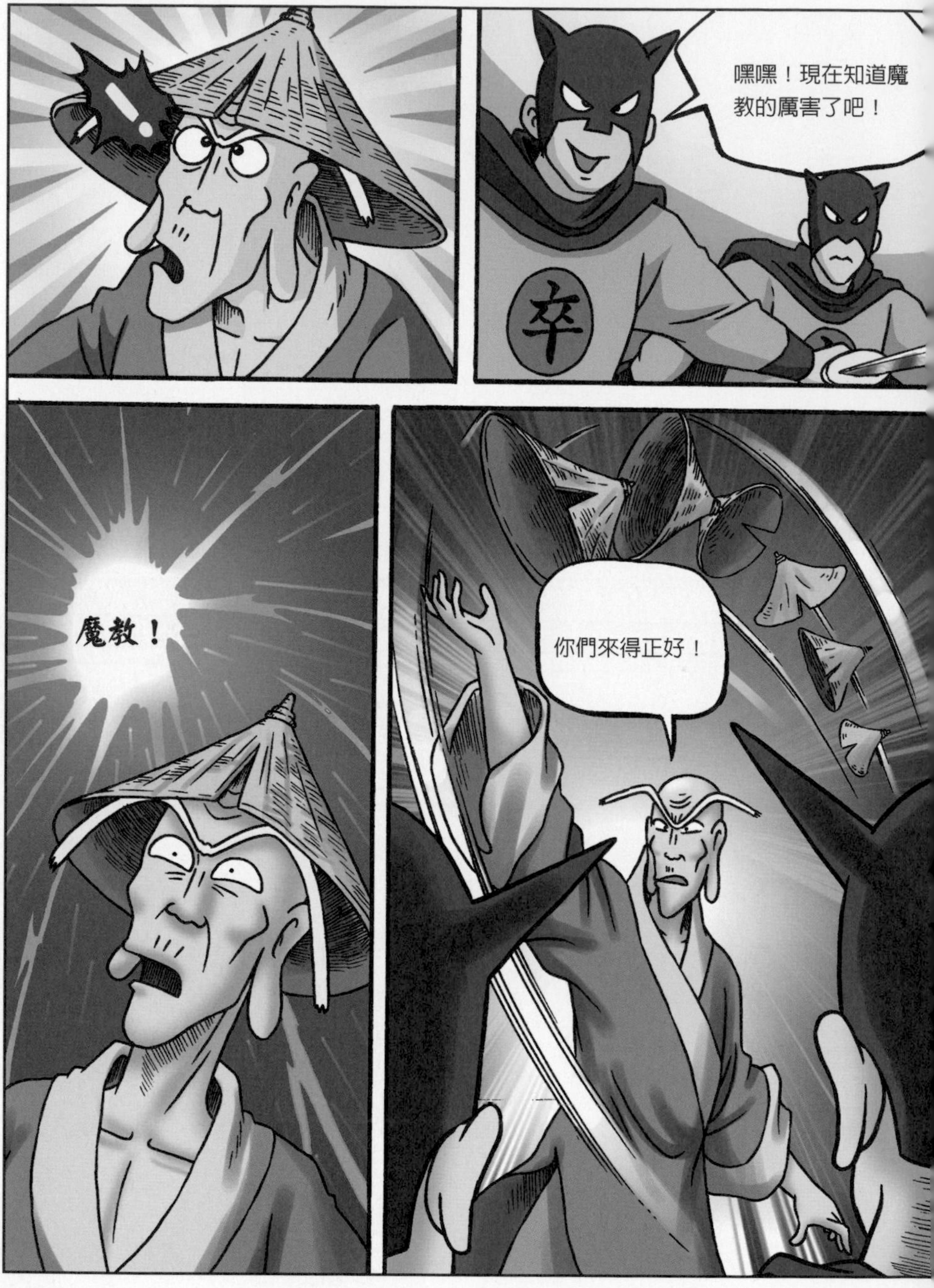

嘿嘿！現在知道魔教的厲害了吧！
卒
魔教！
你們來得正好！

喲！還是個和尚呢！臭禿驢，有種的過來！
魔教的爪牙！
還我的徒弟來！

少跟這個禿驢蘑菇，快動手解決他，咱們還得馬上去給那個和尚送信呢！
卒
是啊！耽誤了正事，你我可擔待不起！
卒
唔！原來他們是信差。他們要送信給和尚，這附近只有我少林寺，他們是要送給誰呢？
哼！事有蹊蹺，非得拿下這兩個惡徒，問個明白不可！
卒
卒

卒
卒

卒

呀！
啊！

哼！瞧你這狗熊樣子，
剛才那股子狠勁呢？
大師饒命，
以後不敢了！
哼！
諒你以後
也不敢。
小的有眼不識泰
山，小的……
我問你話，你老實
說，就饒你不死。
是！您要問
些什麼？
你們說要送信給一個
和尚，那和尚是誰？
啊！這……這個……
我們也不知道。

哼！
砰！
哇！
快說！
你知不知道！
我真的不知道嘛！只知道信送到以後，發出暗號，自然會有人來拿。
唔……這人會是誰？
你們送信給他幹什麼？
這……我們也不曉得，只是奉命行事。
好！我問你，你們是什麼人？頭兒是誰？

這……這……
哼！你這傢伙，不給你吃點苦頭不行。
呀！
卒
快說！你們是魔教的什麼人？
哇！
哎喲！我說，我說，我們是黑馬車的屬下……
什麼？是黑馬車……這……唔……那麼信呢？
颯

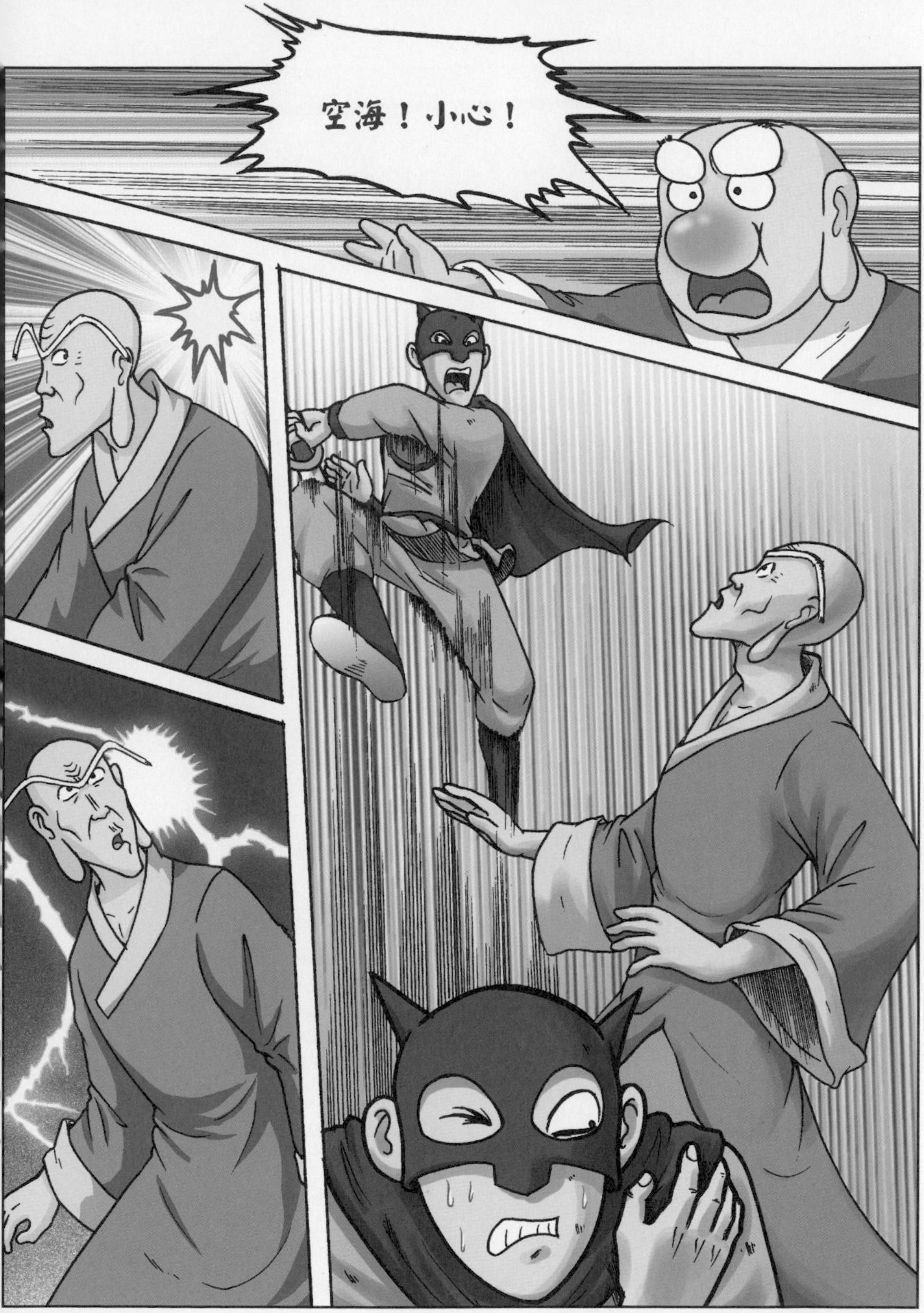
空海！小心！

喝！

呀！
卒
咻！

啊！
呀！
啊！
你們這兩個惡徒，
竟想用暗器傷人，
今天絕不饒你們！

快拿出那封信來看看！

啊！這……

原來，空明竟然是
魔教派來臥底的！
難怪我們的舉動，
對方一清二楚！
回去看看！

啊！是左、右護法！
他們回來了！
右護法！挺著點，已經到了！
呼！我沒事，是太累了！
發生了什麼事？快過去看看！

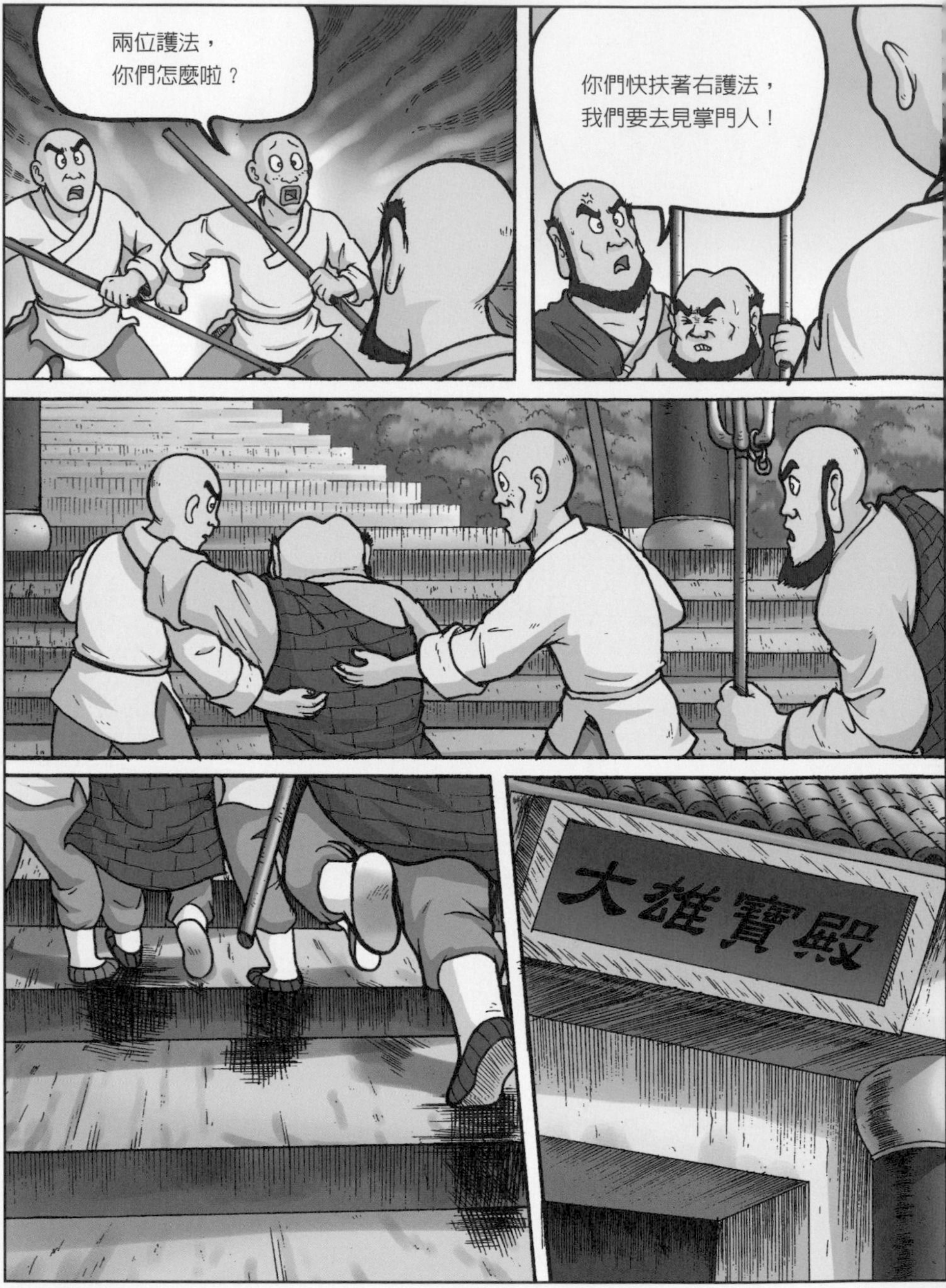

兩位護法，
你們怎麼啦？
你們快扶著右護法，
我們要去見掌門人！
大雄寶殿

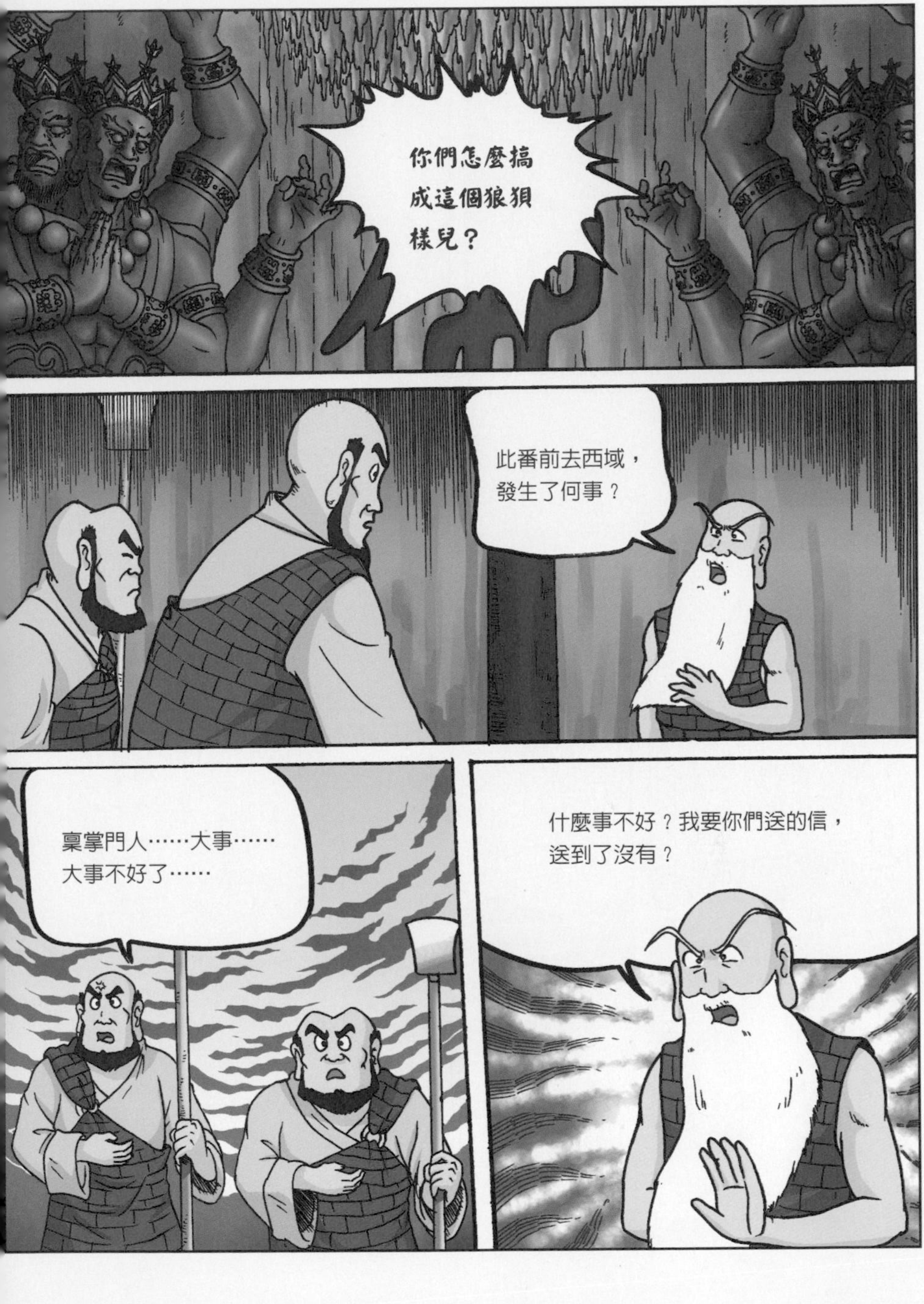
你們怎麼搞
成這個狼狽
樣兒？
此番前去西域，
發生了何事？
稟掌門人……大事……
大事不好了……
什麼事不好？我要你們送的信，
送到了沒有？

信是送到了，可那普拉瓦活佛看完信，不知何故，突然大怒，將我二人痛打一頓。
什麼？這……這是怎麼回事？
我們也不知為何？看他的樣子似乎極度震怒，他還說要馬上率領弟子前來踏平少林寺。
什麼？他竟說出這種話？
這……這到底是怎麼回事？
起先他待我們好比上賓，誰知看完信後就整個變了。
難道說，是那信的內容得罪了他……不會呀！信是我寫的，我只不過……

不好啦！掌門人，
大事不好了！
什麼事，慌慌張張的！
前殿來了數名喇嘛，聲稱
要毀了咱們少林寺，現在
正跟本寺眾僧大打出手！

什麼？
啊？
他們這麼快就來了！
走！快去看看！

砰
啊！
住手！

住手！
不要再打了！

唔……

唔……

阿彌陀佛！大師可是
西域的普拉瓦活佛？
不錯！正是本座，你
可就是少林掌門人？
貧僧就是！
哈哈哈哈哈！好！好！
想不到你還敢來見我？
唔！
大師此話何意？
哼！你少裝蒜！
聽大師的口氣，似乎貧僧
有得罪之處，使得大師不
遠千里而來，興師問罪！

哼！你殺了我的弟子，還下戰書，你裝什麼傻！
我下戰書給你？這……這是怎麼回事？
師父！別再跟他說了！對付這種人就得以牙還牙！

這……
這……
你們這些番僧，所謂強龍不壓地頭蛇。
來到這兒，你們還敢造反不成？
好！
那就手底下
見高低！

別以為少林寺
是好惹的！
住手，
不要打！

呀！
噹

噹
喝！
DHA!

呔！
不要再打啦！這是誤會！
哼！今天我倒要看看，你這少林寺掌門人有多狂妄！

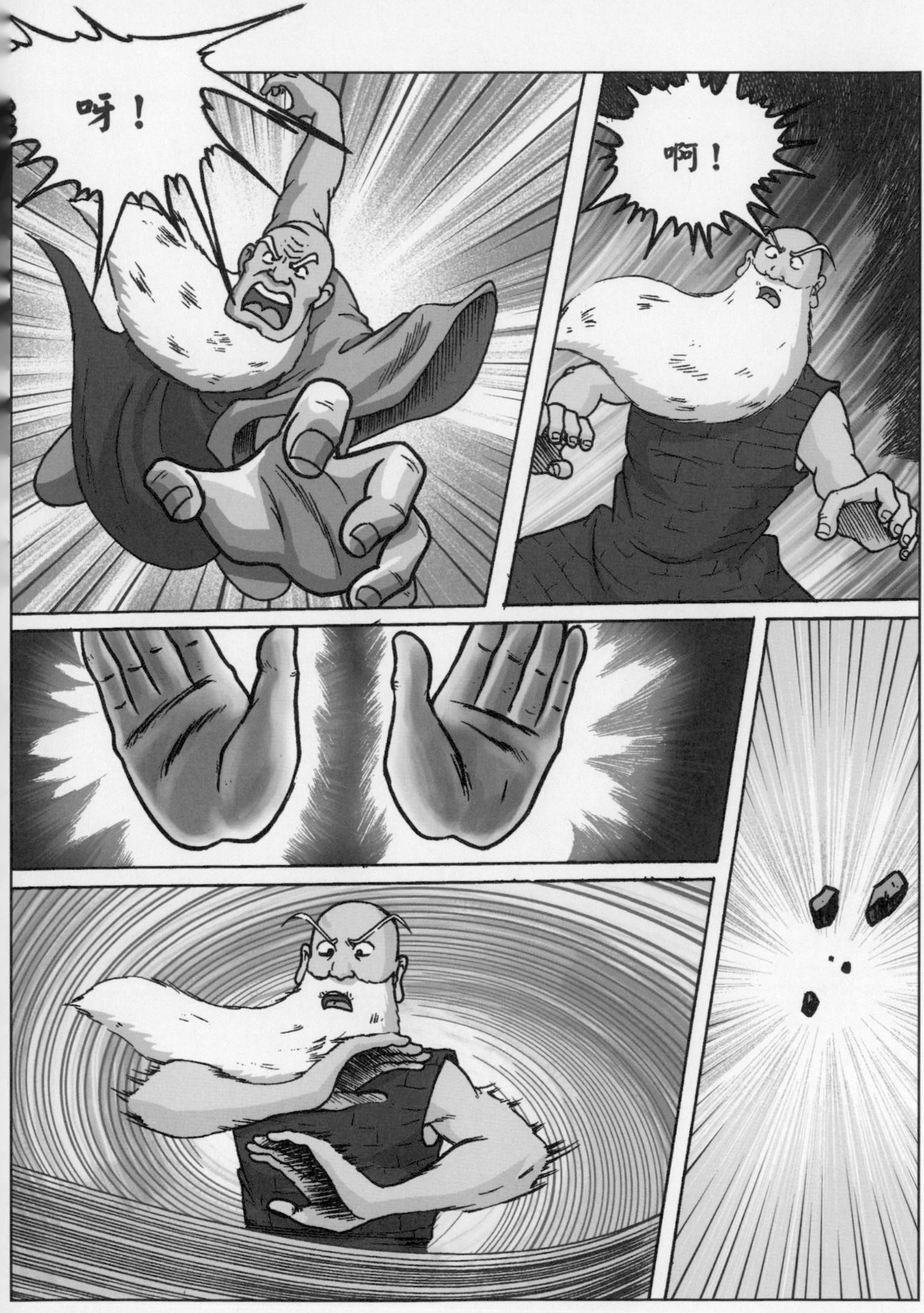
呀！
啊！

轟

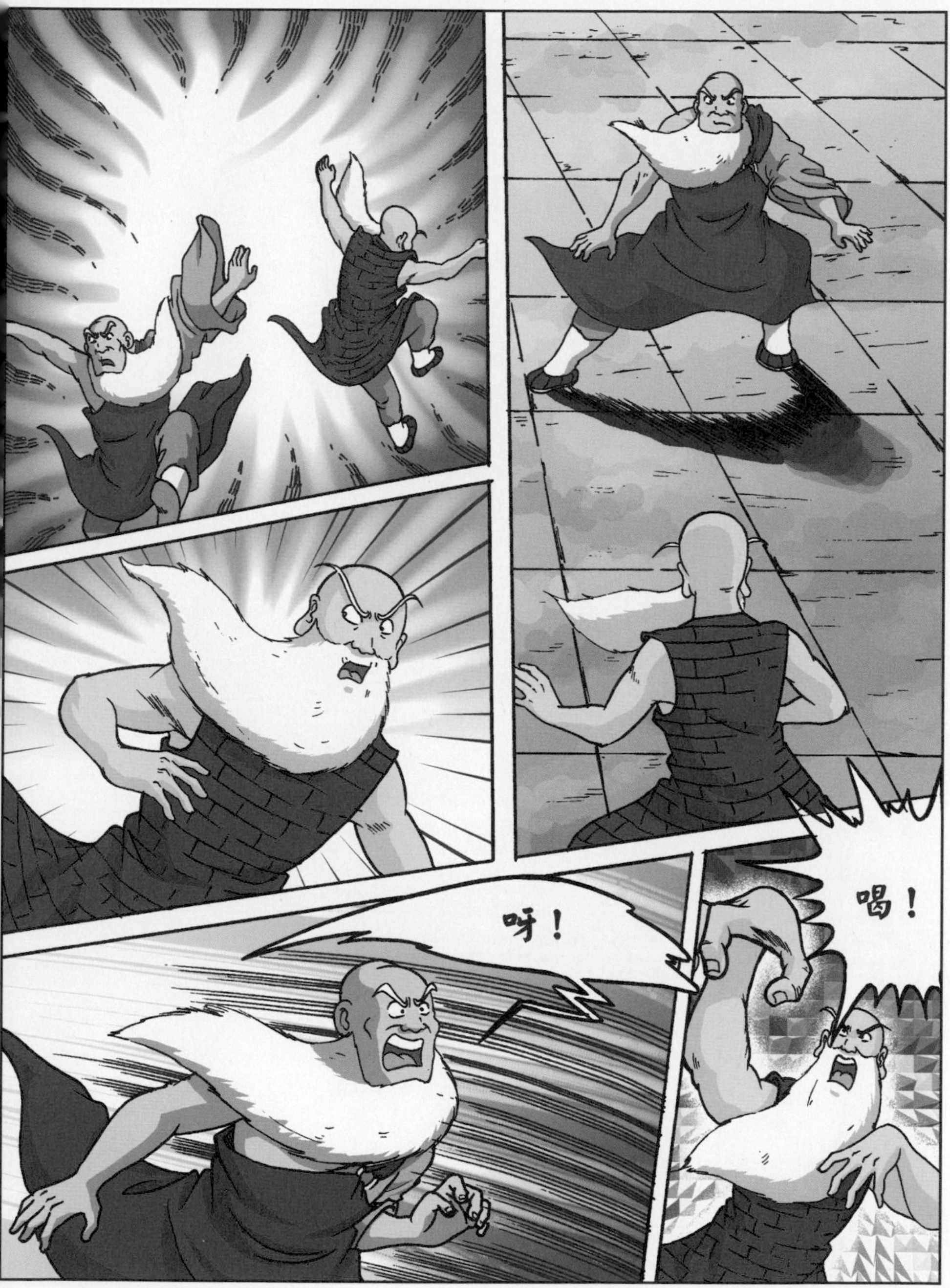
呀！
喝！

住手！

師弟！
師父！
見過師兄！
好極了，來了幫手啦！

阿彌陀佛……想必這位大師便是西域普拉瓦活佛，貧僧少林寺弟子星覺，見過大師！
哼！少來客套！
貧僧聽說大師遠道而來，想必是對少林寺有所誤會。大師是否肯給敝寺一個解釋的機會？
哼！別說得那麼動聽，還有什麼好解釋的？
少林寺絕非拍事之輩，但不知有何得罪之處，值得如此大動干戈，實在是有失和氣！
哼！好一個伶牙俐齒的少林高僧，明明做出了壞事，還要強辯！

唔……
事出必有因，敢問活佛，您有何憑據證明我少林寺殺了貴教的人？
這封信可是你自己寫的，你會不明白嗎？要不要再看一遍？
接著！
啪！
唔……
……

啊！這信不是我寫的呀！怎麼會變成這樣……
這是怎麼回事？這是誰寫的呢？
左、右護法！
在！
老衲要你們送去給普拉瓦活佛的信呢？怎麼會變成了這張呢？

藏經閣
……
啊！沒錯啊，
就是這封信呀！
什麼？這……
這不是我寫的呀？
哼！如今你這少林
掌門人還有什麼話
說？徒兒們動手！
活佛！請等一下，這
件事情有些蹊蹺，請
讓我們調查一下。

師兄！請把信給我看看。
唔……
這……
師兄，這信非你所寫，筆跡也不符！

啓稟掌門師父，
我這兒另有一封
信，請您過目！
唔……
啊！
這……
怎麼了？
師兄！
你看！
這……這怎
麼得了！
空海，你這信
是哪兒來的？

師叔，這是我和空圓剛才從魔教嘍囉手中劫到的。
啊！
什麼？魔教？
唔……看樣子，他們是惹上麻煩了……

啓稟師父，事實很明顯地擺在眼前，你寫給活佛的信無疑被掉包了！
也就是說，此人心懷不軌，欲使少林與喇嘛兩派之間大動干戈！

唔！我怎麼沒
有想到……
活佛！我看此事關係重大，請
到內堂，咱們商量商量。敝寺
一定給您一個滿意的交代！
好吧！
請！

請坐！
這件事，十拿九穩是少林寺裡出了內奸。

我們一定要抓出這個人，否則少林寺基業難保！
空海，你可知道這個人是誰？
在沒有證實之前，徒兒們也只能猜測，不敢亂說！
唔……
對！照這封信的內容來看，寫此信的人分明有意要少林與喇嘛兩虎相爭，而後坐收漁利，不知他此舉目的何在？
此人心腸也太毒辣了，幸好未鑄成大錯！
目前最重要的是，找出是什麼人將信掉包的。
對！問題是這信是在什麼時候，如何被掉包的……

左、右護法！
一路上，可出了什麼差錯？
沒有哇，路上我們都非常小心！
並沒出什麼差錯！
對！我們晚上睡覺時，
也是輪流看守著信！
唔……這就怪了！
師兄，是你親手將信交給他二人的？
不錯！信是我親手交給他們的。
奇怪！那這信是如何被掉包的呢？
唔……

啊！對了，
我想起來了！
事情是這樣的，就在我們出發前往西域時，在寺前山門下被撞倒了，會不會是那時……

是誰撞了你？
是……是……住持！
空明！
當時，信是掉了，住持還罵我們不小心，隨後他就把這信還給了我們，說是他撿的。
空海，你們帶著左、右護法快去把空明找來，這件事得向他問個清楚！
是！我們這就去找他！

師父！
空明，你出來！

空明，
出來！
空明！
奇怪，怎麼
不見了？
唔……看樣子，他一
定是畏罪潛逃啦！
啊！那我們快去
稟告掌門人！

什麼！
逃走了！
空明！你……
你竟敢……
你這孽徒……
師父！
師兄！
啊！
大師！

掌門人！
唔……
天呀！我這是造的什麼孽！竟然會有如此弟子……

空明！你這欺師滅祖的混帳！我絕不放過你！

話說空明勾結魔教之
事敗露後，慌忙帶著
無花離開了少林寺，
一路直奔魔教總壇！

什麼？
事情敗露！
你為什麼
這麼不小
心呢？
這下子好啦！我的
心血全泡湯啦！
這也是沒辦法的事！
怎麼能怪我呢！
哼！堂堂一個少林
住持，你沒辦法，
誰有辦法？

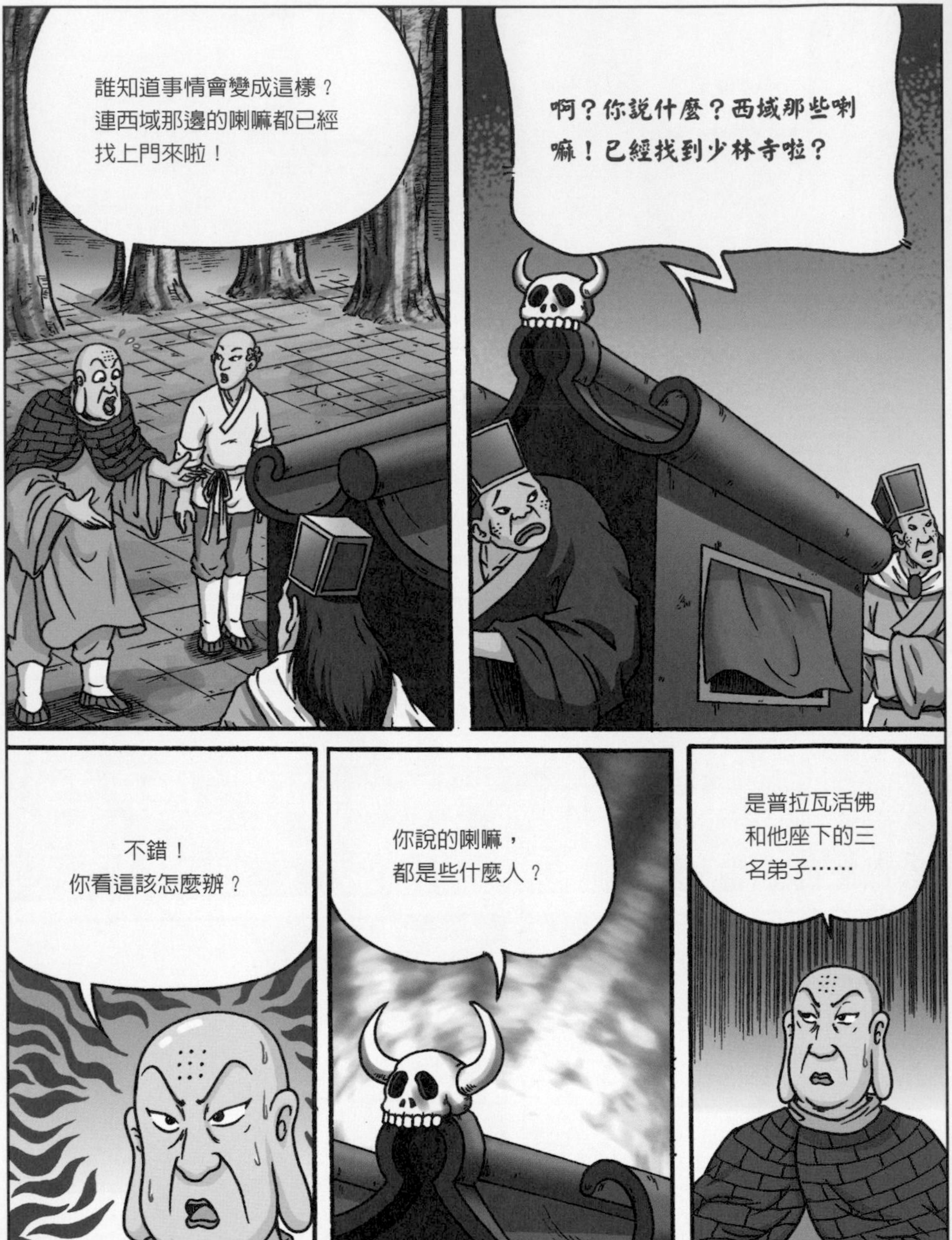
誰知道事情會變成這樣？連西域那邊的喇嘛都已經找上門來啦！
啊？你說什麼？西域那些喇嘛！已經找到少林寺啦？
不錯！你看這該怎麼辦？
你說的喇嘛，都是些什麼人？
是普拉瓦活佛和他座下的三名弟子……

不錯！
正是他們！
唔……這……
糟了……
什麼？是我師父！
唔……那老傢伙還
有我那些師弟們！
他們全都到了？
還有，你派來送信給我的那兩名
屬下，也在半途叫人給殺了！
信也被劫！
是烏龍院那兩
個老傢伙！
是什麼人將
信劫走的？

啊！你是怎麼發現這些事的？
那些喇嘛一進少林寺，話也沒說，就打了起來，當時我就知道計策已經成功了！
我就躲在一旁看著，後來星眠出來阻止，我料定那光頭會讓那些喇嘛給收拾了！

誰知，半途卻殺出了空海他們，把你要送給我的信拿了出來，我就明白事情不妙了！
我想最後他們肯定會知道事情真相，因此我就趕快跑到你這兒來了！
唔！這樣看來，不出多少時候，他們一定會找到這兒來……
這……他們一定不會放過我的！你看這怎麼辦？
哼！都怪你！這下子羊皮卷不但沒到手，反而讓你捅出個漏子！你說該怎麼辦？

啊！這怎麼能怪我呢？要不是當初你……
我也不會落到今天這種下場！
一個願打，一個願挨！是你自己圖謀不軌！
你竟然講出這種話，未免太過分了吧！
過分？哼！給我找來這些麻煩，不殺你就算客氣了！
你……
怎麼？是不是想動手？

唔……
哼！諒你也不敢！
好！算我栽了！可事到如今，該怎麼應付呢？他們隨時都會找上門來的……
那是你自己的事！你自己解決吧！我都自身難保了，哪管得了那麼多？
啊！你竟然講這種話？
你這無情無義、過河拆橋的小人！

哼！話別說得太難聽，
惹火了老子，一不做二
不休，馬上宰了你們！
唔……
哼！萬一那普拉瓦他們真的找上門來，
以我此時的功力，恐怕難以對付！
唔……我得趕快去「還屍谷」找谷主！

走！
嘶！
軋
喂！你們
去哪兒？

等一下！

別走！我怎麼辦呀？
你看著辦吧！哈哈哈哈哈……

唔……
黑馬車……
你好狠！
好了！師父
別難過了！
我……我這
是何苦……

好好的一個少林住持不幹！
到頭來弄得兩頭不是人，
走投無路！我這是何苦……
好了！師父，別難過了！
現在我們怎麼辦？
唉！天滅我也！

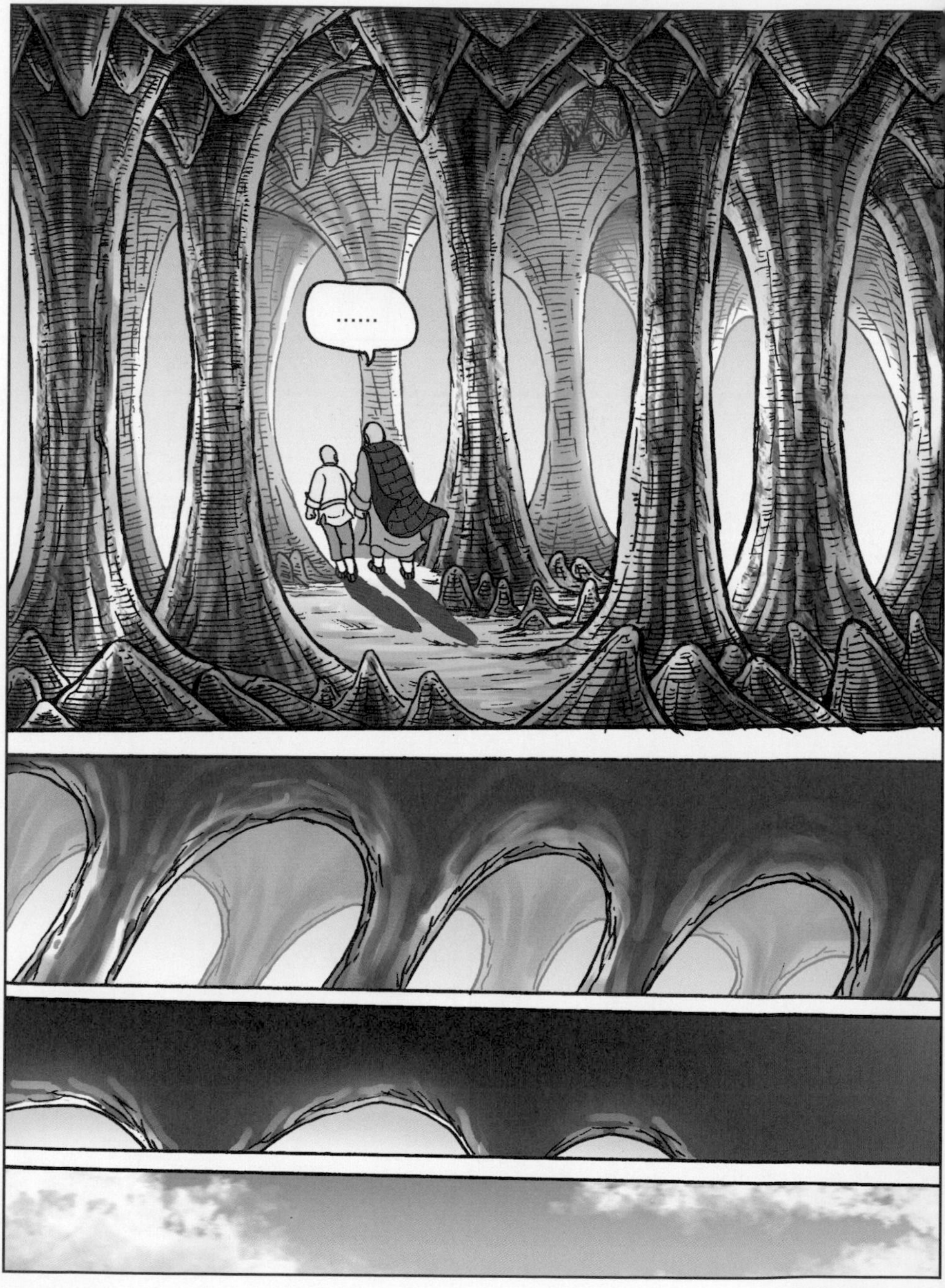

（未完待續……）

下集預告

撇下事跡敗露的空明住持，黑馬車逕行飛奔到還屍谷，尋求可怖的還屍谷谷主聯手對付普拉瓦活佛與少林寺，卻驚見早已成屍骨的菊師爺「還魂」，而且功力倍增！還屍谷主令人懾服的邪惡力量，究竟訓練出什麼樣的殺人武器？

無回谷的神祕老伯原來是當今少林寺掌門人的大師兄。他用心調教天賦異稟的小師弟，卻發現唯有靠著羊皮卷才能助小師弟修得奇功，神祕老伯因此跟著捲入少林與魔教之爭。而小師弟是否能不負眾望，成為眾人打敗魔教的希望呢？

少林寺與西域喇嘛聯手對付魔教的消息在武林傳開，丐幫與峨眉兩大派隨即跟進，加入戰局，決定一舉殲滅魔教妖孽。陰險的魔教勢力是否抵擋得了傾巢而出的武林正派？

《烏龍院前傳拾參》內容精彩！
千萬不能錯過！
預計二〇一二年六月中旬出版！
敬請期待！

時報漫畫叢書 FT857

烏龍院前傳12

作　　者—敖幼祥
主　　編—陳信宏
責任編輯—葉靜倫
責任企畫—王紀友
美術設計—楊啟巽工作室 ycs7611@ms21.hinet.net
發 行 人—孫思照
董 事 長—孫思照
總 經 理—莫昭平
出 版 者—時報文化出版企業股份有限公司
一〇八〇三　台北市和平西路三段二四〇號三樓
發行專線：（〇二）二三〇六—六八四二
讀者服務專線：（〇二）二三〇四—七一〇三
（如果您對本書品質有任何不滿意的地方，請打這支電話）
讀者服務傳真：（〇二）二三〇四—六八五八
郵撥：一九三四四七二四時報文化出版公司
信箱：台北郵政七九～九九信箱
時報悅讀網—http://www.readingtimes.com.tw
電子郵件信箱—newlife@readingtimes.com.tw
第二編輯部臉書　時報㊣之二—http://www.facebook.com/readingtimes.2
法律顧問—理律法律事務所陳長文律師、李念祖律師
印　　刷—華展印刷有限公司
初版一刷—二〇一二年五月四日
定　　價—新台幣二八〇元
⊙行政院新聞局局版北事業字第八〇號

ISBN 978-957-13-5566-5
Printed in Taiwan